JN224976

作 仙田 学
絵 田中六大

ジンジャ野みまもりさん

静山社

もくじ

ネコ耳やくみちゃん

1　つなちゃんのなやみ

「しもた！　学校にリコーダー忘れてしもた！　取りにもどらな！」
サブロー君がさけんだのは、学校の帰り道で信号を待っているときでした。すぐに後ろをふり返って、もと来た道を走りだそうとします。
「オイオイ、こないだのこと忘れたんかい」と、サブロー君のうでをつかんだのは、みんとちゃん。もう片ほうのうでをふり回しながら、足のうらで地面をけりました。
「こないだもリコーダー忘れた言うて、夜中の学校にしのびこんで、えらい目おうたやんけ！　みんとまでまきこんで。みんと一生忘れへんで。子どもにも孫にも、この話は語っていくで」

「急にどうしたん。夜の学校なんて入れるわけないやん。夢でも見たんか？」

「だ・か・ら！」

みんとちゃんは、両ほうの足を順番にあげて、どすどす地面をけりはじめます。

「入ったらあかんに決まってるのに、オマエがむりやり入ってってったんやけ！」

と、みんとちゃんはサブロー君の顔を指でさしました。

サブロー君の頭のなかに、夜の学校の風景がうかんできます。フェンスにつかまったサブロー君の、背中をよじ登って校内に潜入するみんとちゃん。

鍵のかかっていない窓から校舎に入りこむみんとちゃん。まっ暗なろう下を歩きながら、こわいこわいとサブロー君の服を引っぱるみんとちゃん。

「思いだした！　ノリノリでついてきて、ぼくより先に学校入ったんみんとちゃんやん！　ウソついたらあかん！　あと、ひとの顔を指でさしたらあかん！」

みんとちゃんの顔を指でさしながら、サブロー君は注意しました。そうしてみんとちゃんと話すうちに、サブロー君は少しずつ思いだしてきました。

☆

ひと月ほど前の夜のこと。トイレでうんちをしていたサブロー君は、学校にリコーダーを忘れたことに気がつきました。お父やん、お母やんにバレないように家をでて、夜の学校へ取りに向かいます。そのとちゅうですれちがったのが、みんとちゃん。話を聞いたみんとちゃんは、「おもろそうやんけ」とついてきます。

夜の学校につくと、みんとちゃんは先に立って校舎にしのびこみました。こわいこわいとふるえながらも。サブロー君たちの四年二組の教室がある三階にあがると、女子トイレのなかから「タス、ケテ……」という声が。

「こまってる人がおる！　助けな！」

サブロー君はまよわず女子トイレに飛びこみ、個室のドアを開けました。なかにいたのは……サブロー君の倍くらいの大きさの、女の子でした。口が耳までさけていて、おかっぱ頭の上には、サブロー君のうでくらいの太さのツノが生えています。

「ジブン、見かけへん子やな」

「ワタ……シハ、トイレノハナコ」

「トイレ野はなこさん？　聞いたことない名前やな」

まちがえてまよいこんだ子だとサブロー君は思いこみ、はなこさんを家まで送ってあげようと女子トイレの外に連れだしました。

「おんぎゃああああああああ!!」

はなこさんのすがたを見て、みんとちゃんは飛びあがります。

「バ……バケモン……」

「みんとちゃん。バケモンとかぜったい言うたらあかん。イジメ案件や」

サブロー君は、みんとちゃんの顔を指さして注意しました。

☆

「楽しかったなあ。あの日はみんなで大ぼうけんしたんやんなあ」

サブロー君は口を大きく開けてわらいました。

「アホちゃうか！　大ぼうけんやあらへん、そのあとべつのバケモンもでてきて、追いかけられてめちゃくちゃな目におうたんやんけ！」

みんとちゃんはツバを飛ばしてわめきました。

「せやった。そんなこともあったな」

サブロー君はうでを組み、目をつぶって思いだしはじめます。はなこさんと手をつないで遊んだな。もうひとり、ようこさん、ゆう人もおった。みんなでオニごっこしたんやっけ。楽しかったな。

「っていうか、はなこさん、あれからぜんぜん見てへんな。また遊びたいな。せや、探しに行ったら会えるかもしれんで！」

とサブロー君はみんとちゃんのうでをつかみます。

「ムリムリムリ！　ぜったいイヤ！　もうみんとをおかしなことにまきこむなや！」

　うでをふりはらったかと思うと、みんとちゃんは後ずさりをして、信号が変わったしゅんかんに横断歩道を走っていきました。

「ランドセル家に置いたら公園に集合なー！　オヤツと水とう持っといでやー！」

　サブロー君の声が聞こえているのかいないのか、みんとちゃんの後ろすがたはみるみるうちに小さくなっていきました。

家に帰ってランドセルを置くと、サブロー君はオヤツと水とうを手に、外に飛びだしました。お母やんがスーパーの仕事から帰ってくるのが六時。それまでには宿題を終わらせていないと怒られてしまいますから、時間はあまりありません。

サブロー君は自転車にまたがり、荷物をカゴにほうりこむと、大急ぎで出発しました。

「おっ、サブローやんけ」

「どこ行くん？」

すれちがう友だちからつぎつぎに声をかけられますが、サブロー君は「あっち行くねん！」と返事はするものの、止まることなく自転車をぶっ飛ばしていきます。

公園につくと、サブロー君は「みんとちゃーん！　来たでー！　どこやー！　みんとちゃんやーい！」とさけびながら、すべり台の下や木のうらがわを探して回ります。

「どうしたんやいったい」

「サブロー落としもんか？」

公園で遊んでいた友だちが、ふしぎそうな顔をして集まってきます。いやちがうねん、こうこういうわけでやな、とサブロー君がわけを話すと、みんなは首をかしげました。

「ようわからんけど、サブローとみんと、夜の学校にしのびこんだんか。やばいやん」

「楽しそう。黒板にお絵かきしほうだいやん」

「ろう下も走りほうだいやで」

「いやいやあかんやろ。先生にばれたらめっちゃ怒られんで、サブローとみんと」

「サブローはともかく、みんと、そんなことするやつやったんや」

話がちがうほうへ転がりだしたので、サブロー君はあわてました。

「みんな、聞いてぇな。はなこさん、ゆう人がおってやな、口が耳までさけてて、頭からこーんなでっかいツノが二本生えとって、背はのびたりちぢんだり……」

「ええかげんにせえや!!」

後ろからでかい声がひびきわたったかと思うと、みんとちゃんが飛びかかってきました。サブロー君にしがみつき、手で口を押さえながらわめいています。

「こいつの言うこと、信じたらあかんぞ！　みんとが夜中に学校しのびこんだ？　何ねぼけたことぬかしとんねん！」

「ひがうて。ほうやはふて、ひゃにゃこひゃんの（ちがうて。そうやなくて、はなこさんの）……」

ふたりがじゃれあって遊んでいるのはいつものこと。そのうちみんなは、興味をなくしてはなれていきました。ところが、ひとりだけ残っている子がいます。

「なあ、ちょっとええかな」

サブロー君たちに近づいてきたのは、同じクラスの、つなちゃんでした。みんとちゃんよりも頭ひとつぶん小さな子で、サブロー君たちとは保育園からいっしょです。

「はなこさん、ゆう人のことは知らんけど、つなもちょっとふしぎなことがあってん」

つなちゃんは目を丸く開いて、まゆ毛のはじっこを下げたまま、ふたりの顔をじっと見ながら話しはじめました。

ふしぎなことというのは、つなちゃんのお姉ちゃんの、やくみちゃんのことだといいます。やくみちゃんはひとつ上の五年生ですが、サブロー君たちとは保育園のころからよく遊んできた友だちです。

背が高くて走るのが速く、勉強もできてやさしいやくみちゃん。みんなで集まったときに、何をして遊ぶのか意見がまとまらずもめたときには、やくみちゃんがまとめて、みんなが楽しめる遊びをえらんでくれます。遊びに入れずつまらなそうにしている子も、やくみちゃんにさそわれてしばらくすると、みんなといっしょに笑顔で遊んでいます。

そのやくみちゃんのようすがさいきんおかしい、とつなちゃんは続けました。

朝はなかなか起きてこないし、家でも学校で見かけても、いつもねむそうにしているそうです。それから、つなちゃんは二段ベッドの上に、やくみちゃんは下にねているのですが、夜中につなちゃんがトイレに起きると、やくみちゃんがベッドにいないことが何度もあったといいます。朝になるとベッドでねているのですが、パジャマがよごれていたり、髪の毛や爪にはどろがこびりついていたりすることがある、とつなちゃんは鼻をすすりました。目のはじっこには、なみだがにじんでいます。

つなちゃんも、やくみちゃんといっしょでやさしい子です。小さな子を見るとほうっておけなくて、公園で保育園にあがる前くらいの子たちが遊んでいると、いっしょに遊んであげたり抱っこしてあげたりしています。お母さんたちから「ありがとう」と頭をなでられると、顔をくしゃくしゃにして喜びます。

やくみちゃんのようすがおかしくなって、つなちゃんはどんな気持ちでい

るでしょう。

「心配やんなあ。気になるやんなあ。つなちゃん、ぼくがなんとかしたるわ。まかしとき！」

サブロー君はバカでかい声でさけびました。顔をまっ赤にして、両うでをふり回しています。サブロー君は、こまっている人をほうっておけない性格でした。人だけではなく動物や虫も。巣から落ちたツバメのヒナはかならず巣にもどしてきました。ダンゴムシを見つけると、遊んであげずにはいられません。

やくみちゃん、たしかにさいきん元気ないもんな。ぼくが元気にして、前みたいなやさしいやくみちゃんにもどしたる！　サブロー君はつなちゃんとあくしゅをして、その手をぶんぶんふりました。

「オイオイやめとけや。オマエがかかわったら、話ややこしくなるだけやし……」

止めに入ったみんとちゃんですが、それ以上は続けられなくなりました。というのも、つなちゃんの顔からなみだが消えて、ふわっとした笑顔がかわりにうかんでいたからです。

「……ありがとう」

小さな声で答えるつなちゃんに、サブロー君はわらい返してガッツポーズを見せています。

「しゃあないな」

みんとちゃんはため息(いき)をつきました。

2 ネコ耳やくみちゃん

その週の土曜日に、サブロー君はみんとちゃんの家にお泊まりすることになっていました。サブロー君のお父やんとみんとちゃんパパは小学生からの友だちで、サブロー君は赤ちゃんのころから、みんとちゃんパパにかわいがられていたのです。おたがいの家でお泊まり会をすることはしょっちゅうありました。

「そこもうひっくり返せるで、サブロー」

と、みんとちゃんはボウルに入ったたこ焼き粉をかきまぜながら、たこ焼き器をあごでさしました。

「ほんまや！　ほなぼく、こっちからひっくり返してくから、つなちゃんそっちからやってや」

サブロー君は竹ぐしで、かたまりかけているたこ焼きをくるくるとひっくり返していきます。その向かいがわで、つなちゃんもたこ焼きをつっつきだしました。そう、みんとちゃんの提案で、今回はつなちゃんもいっしょにお泊まりすることになったのです。

「もういけてるわ。あげてこか」

みんとちゃんパパが、たこ焼き器のはじっこのほうから、たこ焼きを竹ぐしにつきさしてお皿の上に移していきます。

「ちがうちがう、甘い系はこっちやで」

とみんとちゃんが、たこ焼きをいくつか、となりのお皿に移しました。きょうのたこ焼きパーティーでみんなが作ったのは、たことキャベツ、ウインナーとおもち、おもちとチーズ、チョコレート、と四種類のたこ焼きです。パーティーをしきっているみんとちゃんは、わざわざ四枚のお皿を用意していたのに、ちがう種類のたこ焼きを同じお皿に入れようとしていたみんとちゃんパパのことが信じられませんでした。

「うま。めっちゃおいしーい！」

つなちゃんがさっそくたこ焼きにかぶりつき、はふはふいいながら口を動かしています。

「いっぱい食べや。第二だん焼いてくで」

みんとちゃんは新しいたこ焼き液を、たこ焼き器に流し入れました。

「そうやで、つなちゃんどんどんいきや！　パパも食べてや」

サブロー君はたこ焼き液のなかにたこやキャベツや、おもちをほうりこんできます。

「ふたりともじょうずやな。たこ焼きパーティー、保育園のころはパパが作る専門で、あんたら食べる専門やったのにな」

みんとちゃんパパは、缶ビールをごっごっと飲み、ヒゲがまばらに生えた顔でわらいました。

たこ焼きパーティーが終わると、まずはみんとちゃんとつなちゃんがいっしょにお風呂に入りました。入浴剤を入れたり、石けんの泡で遊んだりしながらいっぱいはしゃぎ、ふたりともすっかりのぼせたころになってやっとあがります。

体をふきパジャマに着替えて、ドライヤーで髪をかわかしあっているときに、つなちゃんがたずねました。

「みんとちゃんママ、どこにおんの？」

「ママは遠くにおるで」

みんとちゃんは、つなちゃんの髪を手でほぐしながら、ドライヤーの風を当てています。

みんとちゃんパパとママは、みんとちゃんが保育園年少のころに、りこんしています。みんとちゃんはパパとふたりで暮らすことになりました。土日や夏休みなどにはママの家に行くこともありますが、ママが遠くに住んでいるので、会いにいくのは二、三ヶ月にいちどです。

そうなんや、とつなちゃんは下を向いてだまってしまいました。つなちゃんはやさしくてすなおな子です。どう返事をすればいいのかわからないときには、わらってごまかしたりせずに、うつむいてだまってしまうのです。

つなちゃんの気持ちがわかるだけに、みんとちゃんはイライラしはじめました。「ママどこにおんの？」は、パパと暮らすようになった最初のころに、まわりの友だちや大人から、さんざん聞かれたことです。

その場ではなんとも思いませんでしたが、家に帰ってからくやしくてたまらなくなり、いちばん奥の部屋のすみっこで、声をあげないようにして泣いたこともありました。すぐにバレて、パパは何も聞かずに抱きしめてくれましたが、みんとちゃんはよけいに悲しくなり、パパの背中をポカポカなぐりながら、大声をあげて泣きました。

一年たち、二年がたつと、ママのことを聞いてくる友だちも大人もほとんどいなくなりました。でも、つなちゃんは保育園からいっしょとはいえ、公園や学校で見かけたときに大ぜいで遊ぶくらい。おたがいの家のことを話したり、家に遊びにきたりするのははじめてです。みんなと同じように、気になっただけなんやろな、とみんとちゃんは思いました。

まあ、でも、パパとママがおる家もあれば、どっちかがおらん家もある。それだけのことやし。それより、つなちゃんが、やらかしてもうたー、みたいな感じになってんのをなんとかせな。せや！

ドライヤーが終わると、みんとちゃんはつなちゃんの手を引いて浴室から飛びだしました。急にどしたん、とつなちゃんは目を丸くしています。

台所で後かたづけをしているパパとサブロー君に、「お風呂お先ぃ」と声をかけてから、みんとちゃんは二階のねる部屋をめざしました。

こないだ、みんとの誕生日にママが送ってくれた、ネイルセット。あれ、ねる前につなちゃんといっしょにやろ。こないだサブローにやったろ思たら、全力で拒否りやがったからまだ新品やねんなぁ。

「みんとぉ、階段走んなよぉ、あぶないやろ」というパパの声が聞こえましたが、みんとちゃんは返事もせずに、階段をかけあがりました。

☆

サブロー君は、目を覚ましてすぐに、はげしく体を揺さぶられていることに気がつきました。鼻と鼻がくっつきそうなところに、みんとちゃんの顔があります。サブロー君はあわてて飛び起きました。

「しっ！　しーっ!!」

みんとちゃんは、ひとさし指をくちびるに当てて、まゆ毛をとがらせて、こわい顔でこちらをにらみつけてきます。

「どしたん、みんとちゃん、めっちゃ怒って……」

飛び起きたサブロー君がねぼけた声をあげようとしたところ、みんとちゃんが口をふさいできました。

「……しゃべんな。早よこっちきて、着替えろや。あと、みんと怒ってるんちゃう。こういう顔や」

みんとちゃんは、サブロー君の耳に顔を近づけて、小さな声でささやきます。いつもムダに声のでかいみんとちゃんの、ささやき声を聞くのははじめてで、サブロー君はめちゃくちゃびっくりしました。

みんとちゃんにうでを引っぱられて、サブロー君はふとんからぬけだしました。となりのふとんでは、み

んとちゃんパパがいびきをかいてねています。目と鼻がみんとちゃんにそっくりなその顔を見ているうちに、サブロー君は思いだしました。

きょう、つなちゃんもいっしょにお泊まり会をしたのには、目的があったのです。それは何日か前につなちゃんから聞いた、やくみちゃんの話に関係がありました。夜中にベッドからすがたを消しているときがある、というやくみちゃん。そんな日には朝になると、パジャマがよごれていたり、手や爪にどろがついていたりする。

つなちゃんは、なんだかこわい気がして、そのことをやくみちゃんに話したり聞いたりできないといいます。そこでサブロー君とみんとちゃんは、つなちゃんといっしょにたしかめにいくことにしたのでした。

「つなちゃん、まかしときや！　やくみちゃんがどうしたんか、今晩わかんで！」

「えらそうに。さっきまで忘れとったくせに」

みんとちゃんの家の勝出口から外にでて、しばらく進むとサブロー君たちはすぐにおしゃべりをはじめました。

「ふたりとも、あかんで。夜おそいし近所めいわくや」

と、つなちゃんが注意します。つなちゃんは、友だちのめんどうをよく見るだけでなく、あかんことはあかんとはっきりと言える子なのです。

サブロー君とみんとちゃんは、顔を見あわせて口を押さえました。ふたりにとって、いっしょにいるのにおしゃべりをしないのは、むずかしいことでした。

バス通りをわたり、暗い道をしばらく進むと、つなちゃんの家が見えてきました。あたりは街灯が少なく、どの家にもほとんど明かりがついていません。びゅごぉっと風がふき、パジャマの上にジャンパーをはおっただけのサブロー君たちは、ふるえながら体をくっつけました。

「こっから入って」

つなちゃんに案内されて、サブロー君とみんとちゃんは、つなちゃんの家と塀のあいだに入りました。

何回か話しあううちに、やくみちゃんはもしかすると夜中に家をぬけだして散歩しているんじゃないか、と三人は思うようになっていました。

だとしたら、あぶない。不しん者に声をかけられたらシャレにならん。でも、本当に散歩にでていると決まったわけではない。

というわけで、やくみちゃんが目の前で家をでたところに声をかけて、やめさせる作戦を立てたのです。

「いまさらやけど、なんでこんな話になったんやっけ。外にでてるんやなくて、べつの部屋にいるだけかもしれんやん」

サブロー君は鼻水をすすりました。

「オマエはほんまにすぐ忘れんな。家んなかは何回も探したって、つなちゃん言うとったやんけ」

みんとちゃんは両うでを抱きしめながらふるえています。

「せやねん。夜中に目ぇ覚めたとき、トイレとか、リビングとか見に行ったんやけど、やくみおらんかった。ママとパパに言うたらよかったんかな……」

つなちゃんもいきおいよく鼻水をすすりました。サブロー君とみんとちゃんは、顔を見あわせます。言えるわけないよな。言うたらぜったい怒られるて、早よねなさいって。ふたりとも……。

三人はふるえながら、ずっと玄関のドアを見つめていました。

どのくらい時間がたったころでしょう。頭の上で、がらりと音がしました。

ちょうど三人のいるま上の窓の開く音でした。その窓から飛びだしてきたのは……!!

やくみちゃんでした。長い髪の毛がふわっと空にうき、そのあいだから黒いネコの耳のようなものが、ふたつ見えています。パジャマのお尻のあたりで、黒いしっぽがゆれました。

やくみちゃんは、となりの家の屋根に飛びおりると、しゃがんで左手をつき、しばらく右手をなめ回していました。やがて四つんばいになり、屋根の上を走りだします。

屋根のはじっこにたどりついたかと思うと、大きくジャンプしました。向かいの家の塀に飛び移り、そのまま塀の上を四つんばいで走っていきます。

「やくみ……なん？」

つなちゃんのつぶやき声で、サブロー君とみんとちゃんはわれに返りました。

「追いかけんで!!」

みんとちゃんがくつの底で地面をけったのを合図に、三人はやくみちゃんの後を追いはじめます。

しばらく塀の上を走っていたやくみちゃんは、やがて地面に飛びおりて、通りを走っていきました。つきあたりを右にまがったのをたしかめてから、三人は全力で走ってその後を追いました。

やくみちゃんのオレンジ色のパジャマと、黒いしっぽを見うしなわないように、三人は走り続けます。そのうち足が痛くなり、息がくるしくなり、横っ腹も痛みだしました。

でも、あきらめるわけにはいきません。先頭になって走っているつなちゃんは、いちばん息をあらくして、何度も転びかけているのに、速いスピードで走り続けています。かけっこではクラスでもビリに近いほうなのに。

つなちゃんとの約束、ぜったい守らな!!　とサブロー君も必死で走っています。つなちゃんにだけは負けるわけにはいかん!!　と、みんとちゃんも息を切らしながら後に続きました。

バス通りにでると、車がまったく走っていません。車道のまんなかをつっ走っていくやくみちゃんを、三人は追いかけ続けます。やがて、やくみちゃんのすがたが左手に消えました。そこにあるのは……コンビニです。

やくみちゃんは、駐車場をさっと横切ると、コンビニの屋根の上に飛び移りました。四つんばいのまま うずくまり、黒いしっぽをくたくたとふっています。

ようやく追いついた三人は、駐車場にとまった車のかげにかくれました。三人とも息を切らしていて、後から後からもれる白い息がやくみちゃんに見つからないようにしゃがみました。

やくみちゃんが黒いネコ耳をぴくりと動かしたのは、一台の自転車がやってきたときでした。乗っていたのは男の人で、自転車を駐輪場にとめると、コンビニに入っていきました。

そのようすを目で追っていたやくみちゃんは、男の人のすがたが消えたとたんに、屋根から飛びおりました。そのまま自転車のところまで走ると、前足……じゃない、手で押しました。自転車が音を立ててたおれるやいなや、

やくみちゃんはまた屋根の上に飛び移ります。

「あかんやん!!　やくみちゃん何やっとん!!」

立ちあがりかけたサブロー君の頭を、みんとちゃんが押さえます。

アホ!　いまさわいだら……大さわぎになる。しばらくようす見んぞ。みんとちゃんは冷静に話しかけたつもりでしたが、その声はふるえています。となりでしゃがんでいる、つなちゃんもふるえていました。

コンビニからでてきた男の人は、舌打ちをしながら自転車を起こして乗っていきました。少したってまたべつの人が自転車で来てコンビニに入っていくと、やくみちゃんは飛びおりて自転車をたおします。

そうして何台か自転車をたおしてから、やくみちゃんはコンビニからはなれました。サブロー君たちもついていきます。

やくみちゃんが向かったのは、コンビニのうらの、家がたくさん並んでいるあたりでした。校区外でもあり、サブロー君たちはほとんど来たことがないところです。明かりの消えた家のあいだにのびた道を、やくみちゃんは四つんばいのまま行ったり来たり、しばらくのあいだうろうろとしていました。

電柱のかげにかくれている三人は、見つかりやしないかと息をひそめています。もともとの作戦は、家の外にでたやくみちゃんに声をかけて、わけを聞いてから家に連れもどすというものでした。

でも、思ってもみなかったやくみちゃんのふるまいに、声をかけることもできなくなりました。

ピンポーン!!! ピーンポーン!!!

「あっ!」

三人はいっしょに声をあげました。やくみちゃんはなんと、まだ明かりのついている家の玄関に近づき、チャイムを二回鳴らしたかと思うと……逃げていったのです!

「ピンポンダッシュやんけ!! なんちゅうことするんや、やくみちゃん。ぼくがかわりにあやまりに」

サブロー君は走りだそうとしましたが、みんとちゃんにうでをつかまれます。

「あっち行ったぞ！　追うで」

みんとちゃんを先頭に、三人はやくみちゃんの黒いしっぽを追いかけました。

やくみちゃんはさらに十軒の家でピンポンダッシュをすると、また少しはなれた通りに向かいました。

通りのまんなかでしゃがむと、ポケットからチョークを取りだします。そして、でっかいうんちの絵を描きました。いくつもいくつも。見る間に道がうんちまみれになっていきます。

やがて、やくみちゃんはその通りをはなれました。その後も公園に行って砂場にデカい落とし穴をほったり、すべり台の上からどろをぶちまけたり。

公園をでると、やくみちゃんは自動販売機の横にあるゴミ箱をひっくり返ました。わたるつもりもないのに押しボタン式の信号機のボタンを押しまくったりもしています。

いよいよ寒さがましてきたころに、やくみちゃんはようやくいたずらにあきてきたようでした。塀の上を歩いたり、屋根をつたったり、あいかわらず寄り道をいっぱいしながら、家にもどっていきます。

サブロー君たちも、横っ腹に手を当てて、おでこから汗を流しながら追いかけました。

家につくと、やくみちゃんは塀に登り、雨どいをつたって、二階の窓から部屋に入りました。

窓が閉まると、少しはなれたところから見まもっていた三人は、はあぁぁぁぁぁ……と息をはいてへたりこみます。やくみちゃんの後を追いかけて、走り回ったせいか、それともあまりにも信じられないものを見てしまったせいか、三人はしばらく立てなくなるほど、つかれきっていました。

☆

つぎの日の昼休みに、サブロー君とみんとちゃんとつなちゃんは、運動場の鉄ぼうの後ろで座りこんでいました。

「ねむい。しんどい」

「めずらしいな、みんとちゃんが元気ないなんて。おなかすいとん？　って、給食食べたばっかりやか」

「ツッコむ元気もないわ」

三角座りをしたみんとちゃんは、ひざに顔をうずめています。サブロー君の声も、いつもよりほんの少しだけ元気がありません。

「サブロー君、みんとちゃん、ごめん！」

と、つなちゃんが顔の前で両手をあわせました。

夜おそくまでやくみちゃんを追いかけていたせいで、みんとちゃんの家にもどった三人は、ふとんに入るなりぐっすりとねむってしまったのです。みんとちゃんパパに何度もゆさぶられて、やっと目を覚ましたときには、登校班の集合時刻をだいぶすぎていました。三人とも登校班はべつべつですが、この日はいっしょに登校して、校門のところにいた教頭先生に怒られました。

「気にせんでええで、つなちゃん」

みんとちゃんは顔を起こして手をふります。

「でもどうしたらええんやろ。やくみちゃんになんて言ったら……。パパにも先生にも、こんなこと相談でけへんしなあ」

みんとちゃんがため息をついたとき、鉄ぼうの前を、やくみちゃんが走っていきました。

「やくみちゃん、待ってよー！」

と、後ろから一年生の女の子がついてきています。やくみちゃんは立ち止まり、その子のほうに近づくと、にっこりわらいながら手をさしだしました。

「ええよ。やくみがオニかわったる」

その子といちどタッチをすると、やくみちゃんは遠くまで逃げていた男子たちめがけて、猛スピードで走りだしました。六年生の背の高い男子たちにあっというまに追いつくと、やくみちゃんはタッチをしてはなれていきます。

学年も女の子男の子も関係なく、休み時間にはこんなふうに、やくみちゃんのまわりには、たくさんの子たちが集まって遊んでいるのでした。

「やくみちゃん、いつもといっしょやんなあ。夢やったんやろか、きのうのこと」

みんとちゃんがあくびまじりにつぶやきます。

「……あんな、やくみがこないだ、ちょっとおかしなこと言うとったんやけど……」

つなちゃんが、みんとちゃんたちのほうをちらちらと見ながら話しだしました。

☆

先週の、ちょっと前くらいのこと。やくみちゃんは、休んでいた友だちの家までプリントを届けにいったといいます。校区の反対がわの町にある家で、やくみちゃんはまよいながらもなんとか探しあてました。ところが、ぶじにプリントをわたして帰っているときに、またまよってしまいました。

道をまがってもまがっても、見たことのない景色ばかりが続きます。やがてあたりがうす暗くなってきて、やくみちゃんはあせりました。急いで歩き、そのうち走りだしました。

気がつくと、やくみちゃんは小さな神社のなかに入りこんでいました。そのうち雨がふりだしたので、建物の屋根の下までかけていきます。どうしよう、このまま帰られへんようになったら……。やくみちゃんは心細くなりすぎて、鼻をすすりはじめます。

だれかに呼びかけられたのは、そのときでした。建物の奥から声をかけて、手まねきをしているのは、知らないおばあさん。どっから来たん？　とか、何しとん？　とか、聞かれるままに答えているうちに、やくみちゃんはふしぎと気持ちが落ちついてきました。

やがて、おばあさんは奥に引っこんだかと思うと、缶ジュースを手にもどってきました。そのジュースをさしだされたやくみちゃんは、とてものどがかわいていたので、一気に飲みほしました。そのとたんにねむくなってしまい……。

目を覚ますと、家の近くの公園のベンチでした。いつのまにか雨があがっている、どころか、ベンチも地面もぬれていません。でも空はすっかり暗くなっています。やくみちゃんは走って家まで帰りました。

☆

「あかんやん！　やくみちゃん、そんなおそい時間まで遊んでたら！」

サブロー君はさけびました。

「うちらも、きのうの夜中に思いっきり外でてたやんけ。オマエはほんまに、何秒前のことなら覚えてられんねん」

みんとちゃんはサブロー君に注意をしながらも、うでを組んでうつむいています。何やら考えこんでいるようでした。

3 ふしぎな神社と見魔森さん

その神社のおばあさんに会いにいこう！　と言いだしたのは、みんとちゃんでした。

帰りの会が終わって学校をでたしゅんかんに、後ろをふり返って、サブロー君とつなちゃんに顔を近づけます。

「そのおばあさん、あやしすぎるやろ。やくみちゃんがあんなことになったんに、ぜったい関係あるはずや！」

「みんとちゃん、むやみに人をうたごうたらあかん。関係ないかもしれんやろ」

サブロー君はみんとちゃんの顔を指さして注意しました。

「ほな、オマエは来んでええ。うちらだけで行くし」

と、みんとちゃんはつなちゃんと手をつなぎました。いったん家帰って、ランドセル置いてから、公園で集合な、とふたりはうなずきあっています。

町探検やな、どんな神社なんやろ、とつないだ手をふりながら歩きだすふたり。サブロー君はその後について歩きながら、しばらく考えこんでいました。そして百歩ほど進んだところで、大きな声をあげました。

「女の子ふたりで、そんな遠いとこまで、行かせるわけにはいかへん！　ぼくがいっしょに行って、なんかあったら守ったる！」

みんとちゃんは、ふり返るとため息をつきました。

「いらんし。いっしょに遊びたいだけならそう言えや」

「サブロー君もいっしょに行こ。つな、ちょっとこわいし」

つなちゃんは、みんとちゃんとつないでいないほうの手でランドセルのベルトをぎゅっとにぎりました。


いちど家に帰ってから、三人はすぐに公園に集まりました。やくみちゃんが神社を見つけたのは、校区の反対がわのあたりだとつなちゃんから聞いています。そのあたりは、サブロー君たちの住む町からだと歩いて三十分ほどはなれていました。

三人は急ぎ足で進みました。学校のある方向に向かっていると、またべつの公園が見えてきます。

「サブローやんけ。どこ行くん？」

同じクラスの男の子たちに話しかけられて、サブロー君は目の前を指さしました。

「あっち」

「ふうん。バレーボールしよや！」

「ちょっとやったらええよ」

笑顔で公園に近づいていくサブロー君のジャンパーのえりを、みんとちゃんがつかみます。

「さっそく目的忘れとるやんけ！　みんとらいま、どこへ、何しに向かっとんや!?」

「そうやった！」

サブロー君はびっくりした顔をしてから、また歩きはじめます。その後も何回か、ネコを見つけてはかけ寄ったり、川があればのぞきこんで魚を探したり、サブロー君だけでなく、みんとちゃんやつなちゃんも目的を見うしなっては思いだしながら、神社を探して進みました。

「やばいなここ！　秘密基地にできそうやんけ」

みんとちゃんが指さしたのは、駐車場のとなりの、小さな川ぞいにある道でした。道はカーブするところでふたつに分かれていて、ひとつは川からはなれて斜面に続いていています。

「あの上どうなっとんやろ！」

とさけぶなり、みんとちゃんは走りだします。待ってや、とサブロー君も後に続きました。

「あんたら、目的！　目的は!?」

しかたなく、つなちゃんもついていきました。小さな斜面を登りきると、両がわに林が広がっているまんなかに、細い道がのびていました。

つなちゃんは少しこわくなりましたが、サブロー君とみんとちゃんが喜んで道を進みだしたので、はぐれないようについていきます。

どのくらい歩いたころでしょう。少しずつうす暗くなり、寒さもましてきて、三人は話もせずにひたすら足を動かしていました。

「なんか、めちゃくちゃ遠いとこまで来てへん？」

サブロー君がつぶやきます。

「オマエが道まちごうたから変なとこに来てもうたんやんけ」

みんとちゃんが返事をしましたが、その声はちょっとふるえています。

「いや！　秘密基地みたいやー、って、走りだしたんみんとちゃんやで」

サブロー君に顔を指でさされて、みんとちゃんは足のうらで地面をけりました。

「だから、人の顔指でさすなや!!」

ふたりが言いあいをはじめたところで、つなちゃんが大きな声をあげました。

「あっ！　なんやろあれ！」

ふたりもつなちゃんと同じほうを見てみると、道の先に小さな鳥居がありました。奥には建物のかげものぞいています。

「あれちゃうん？　やくみちゃんが言うとった神社って!?」

サブロー君はガッツポーズをしてから、鳥居に向かって走りだします。オイ、待てや！　とみんとちゃん、その後からつなちゃんも続きました。

神社に入ると、なかには古ぼけた建物がありました。つなをふって鳴らす鈴と、おさいせん箱はありますが、奥のとびらは閉まっています。そのとびらに向かって、みんとちゃんはさけびました。

「おばあさーん!!　オーイ!!」

何度かくり返しましたが、返事はありません。サブロー君とつなちゃんもいっしょに声をあげました。

「おばあさーん!!　オーイ!!　おばあさーん!!」

「おばあさーん!!　オーイ!!」

のどがカラカラになるくらい、三人がさけび続けたころでした。

「ええい、やかましーわ!!」

大きな声が聞こえたかと思うと、建物のとびらが開きました。

なかからあらわれたのは、見たことのないおばあさん。まっ白い髪の毛が頭のまんなかで分かれて、肩までたれています。大きなメガネの奥には、ぱっちりとした目がのぞいていました。

なにより目立つのは、緑色のTシャツでした。カエルのようなぬめぬめとした色に光るTシャツの上には、ゼッケンをつけています。ゼッケンには大きく、「子ども110番」と書かれていました。

子ども
110番

「なんやあんたら、何しに来たんや？」

おばあさんは、三人の顔を順番に、じろじろと見ました。

「ぼくはサブロー君！　この子はみんとちゃんで、こっちはつなちゃんやで！」

「ちょ、オマエ、知らん人に個人情報さらすなや！」

サブロー君とみんとちゃんは、また言いあいをはじめます。おばあさんはうでを組んでため息をつきました。

「ややこしそうな子らやな。でも、ここに来たゆうことは、なんかこまったことがあるんやろ」

おばあさんは右手の人さし指を上にあげて、くるくると回します。

「わたしは神社の……」

そして、左手の親指と人さし指で輪っかを作り、左目に当てました。

「見魔森やっ!!」

サブロー君は首をかしげます。

「ジンジャ野みまもりさん？　ふしぎな名前やな」

ジンジャ野みまもりさんは、両方の人さし指でゼッケンを指さします。

「子ども110番」という文字をつんつんとさしながら、鼻の穴をふくらませました。

「こまってることあるんやろ？　言うてみ言うてみ」

「……なんか、あやしくない？　この人」

つなちゃんは、みんとちゃんの服のそでをつかみ、背中の後ろにかくれました。

「お、おう……。ちょっと前に、やくみちゃんゆう子が来おへんかった？」

「やくみちゃん？　どの子やろな。毎日いろんな子が来はるからな」

みまもりさんは、あごに手を当てて考えています。サブロー君は、つなちゃんの顔を指でさしました。

「やくみちゃんは、つなちゃんのお姉ちゃんやで」

みまもりさんは首をのばして、みんとちゃんの後ろにいる、つなちゃんの顔をながめました。

「ほうほう、よう似た子がこないだ来てはったわ」

やっぱり、とサブロー君とみんとちゃんは顔を見あわせます。どれ、とみまもりさんは、サブロー君の頭に手を置いて、目をつぶりました。しばらくそのままでいたかと思うと、ぱっと手をはなします。

「なんと、あの子、黒い耳としっぽが生えて、家を飛びだして外でいたずらするようになったんやな」

「なんで知ってんの!?」

サブロー君が目を丸くすると、みまもりさんはまたゼッケンの「子ども110番」をつんつんとさわりました。

「あんたの頭のなかを、みまもったからやで」

「なあ、どうしたらええのん？」

つなちゃんが、みんとちゃんの後ろから顔をだしてたずねました。目のはじっこに、なみだをうかべています。

「やくみちゃん、やったっけ。やさしくて、かしこくて、めっちゃええ子やったから、とっておきのジュースあげたんやけど……」

みまもりさんは、頭の後ろを指でかきました。

「ジュースやて？　ずっるっ！　みんとにもちょうだいや」

みんとちゃんは、ずいっと手をのばします。

「いや、それがやな、あのジュースはただのジュースやのうて……」

「やのうて？」

つなちゃんが首をかしげます。みまもりさんは、ため息をつきました。

「なりたいもんになれるジュースや」

みまもりさんは、三人が思ってもみなかったことを口にしました。やくみちゃんがとてもいい子だったので、願いをかなえる手つだいをしようと思い、そのジュースをあげたのだというのです。

「ほんなら、やくみちゃん、あんなやさしいええ子やのに、ほんまは黒ネコになって、いたずらしまくりたかったってこと？」

サブロー君は目を丸くしています。

「そんなんヘンや！　んなワケないっ！　やくみをもとにもどしてや！」

みんとちゃんの後ろにかくれていたつなちゃんが、前にでてきて、みまもりさんの顔にぐいっと顔を近づけます。みまもりさんは、体を後ろにそらせながら手を横にふりました。

「ムリムリ。いっぺんなりたいもんになったら、後もどりはでけへんねん。やくみちゃん、黒い耳としっぽが生えとるんやったら、そのうち爪も生えて、体じゅうに毛が生えて、本物の黒ネコになってまうやろな」

「そんな……」

つなちゃんは、うつむいて鼻をすすりだしました。

「みまもりばあちゃん、なんとかしたれや。あんたがやらかしたんやろが」

みんとちゃんは、みまもりさんの顔を指でさしました。みまもりさんは、つなちゃんの顔をちらりと見て、頭の後ろに手をやります。

「せやな。ちょっと待っとき」

ひと言残すと、みまもりさんは建物のなかに引っこみました。しばらくすると、一本の缶ジュースを手にもどってきます。みまもりさんは、つなちゃ

んに缶ジュースをわたしました。

「これはな、〝モトニモドール〟。なりたいもんになれるジュースのきき目を消すジュースやねん。お姉ちゃんに飲ませたらもとにもどるわ。ただし」と、みまもりさんは三人の顔を順番にのぞきこみます。「やくみちゃんが黒ネコになっとるときに飲ませな、きかへんで」

「もとにもどすジュースあるんやんけ！」

みんとちゃんが両手をふり回して

大声をあげました。

「やかましい子やな。あるにはあるけど、もとにもどすんが、ほんまにやくみちゃんのためになるんかはわからんしな」

「もとにもどしたほうがいいに決まっとるやんけ」

つなちゃんが早く帰りたそうにしているのに、みんとちゃんはみまもりさんに文句を言い続けています。ちょっと前からなにかを考えこんでいるようだった、サブロー君が口を開きました。

「みまもりさん、なりたいもんになれるジュース、ぼくにもちょうだい」

みんとちゃんは、口を開けたままサブロー君を見つめました。

「オマエ……急にどうした」

「ぼく、なりたいもんがあんねん」

みんとちゃんは、ちょっとだけサブロー君からはなれました。

「やくみちゃんを黒ネコにしたジュースやぞ。オマエもぜったい黒ネコになるわ」

また建物のほうへもどりながら、みまもりさんが答えます。

「そうともかぎらんで。サブロー君が力持ちになりたかったらなれる。五十メートル走でいちばんになりたかったらなれる。一本だけあげるわ」

もどってきたみまもりさんからサブロー君がジュースをもらうと、三人はもと来た道をもどりはじめました。空はかなり暗くなりかけています。風がざあっとふき、林の木が枝を鳴らしました。

4 やくみちゃんをつかまえろ!

土曜日になると、サブロー君とつなちゃんは、みんとちゃんの家にまた泊まりにきました。晩ごはんにはみんなで手巻きずしを食べて、お風呂が終わると早めにふとんに入り、みんとちゃんパパがねるのを待ちました。

この前と同じくらいの時間になると、三人は起きだして、夜の町へとでていきます。今回はダウンジャケットを着たり手ぶくろをしたりして、寒さ対策をばっちりしていますが、それでも寒い。体を温めるために、三人は走ってつなちゃんの家をめざしました。

少しはなれた電柱のかげから見ていると、子ども部屋の窓が静かに開き、やくみちゃんの顔がのぞきました。頭には黒いネコ耳がふたつついています。やくみちゃんは、窓わくに足をかけたかと思うと、ひらりと飛びあがりました。

月の光のなかに、やくみちゃんの細くのびた体がうかびます。顔色がふだんより暗めで、ほっぺたには何本かのヒゲが生えています。

前に見たときよりもはるかに、やくみちゃんのすがたは黒ネコっぽくなっていました。

ジャンプ力もかなりついていて、通りを越えて向かいの家の屋根の上まで飛び移ります。屋根から屋根へと飛んでいくやくみちゃんを、三人は全力で追いかけました。

とちゅうで見うしないましたが、前にも来たコンビニに行ってみると、屋根の上にやくみちゃんが座っていました。ネコ対策なのか、コンビニの入り口や駐車場には、水の入ったペットボトルがいくつも置かれています。

でも、やくみちゃんは気にするようすもなく、自転車がとまるたびにたおしにいきました。何台かたおしたところで、パジャマのポケットから生魚を取りだして、かじりだします。食べ終わると、骨を自動ドアの前に投げ捨てました。

あかんやん‼　不法とうきやん‼　とサブロー君が立ちあがろうとするのを、みんとちゃんが頭を押さえて止めます。三人は、駐車場の車の後ろでしゃがんで、やくみちゃんにジュースを飲ませるチャンスをうかがっていました。

その後もやくみちゃんは、店の前のゴミ箱をあさって中身をぶちまけたり、かさ立てと灰皿の位置を入れかえたりと、やりたいほうだいをしていきました。

やがてあきたのか、急に屋根を飛び移って、でたらめな方向へ進んでいきます。三人は目をこらしながら、全力で後を追いました。

「速すぎるて！」

「どうやったらあのジュース飲ませられんねん！」

サブロー君とみんとちゃんは、息を切らしながら口々にさけびます。

でたらめな方向ながら、やくみちゃんは、前に行ったのと同じあたりに向かっているようでした。やくみちゃんがチョークで地面にうんちの絵を描きまくっていた、あの通りで追いつくと、三人はびっくりしてさけびそうになりました。

前に見たときには、道路にうんちの絵を何十個か描いていただけでした。

でも、きょうは。両がわに家が建ち並ぶ通りの、はじっこからはじっこまでびっしりと、大小さまざま色とりどりの、うんちの絵が描かれています。

手のひらサイズのかわいいうんちから、トラックくらいの大きさの特大うんちまで、青や赤や緑や茶色や黄色の作品がところせましと並んでいます。

なかには何回も水で消された上から描かれたようなものもあり、やくみちゃんと近所

の人たちとの戦いのあとがうかがえました。

「このあたり全体が巨大なトイレになっとるやんけ……」

みんとちゃんが頭を抱えました。やくみちゃんは、こうふんしているのか、にゃー！　にゃんっ！　と鳴きながら、つぎつぎとうんちの絵をふやしていきます。

やくみちゃんのいたずらは、しばらく見ないあいだにパワーアップしまくっていました。みんとちゃんもサブロー君も、どうすることもできず、電柱のかげでかたまることしかできません。

つなちゃんが飛びだしたのは、そのときです。一直線にやくみちゃん目がけて走っていったかと思うと、両うでを広げて飛びかかります。

それに気づいたやくみちゃんはひらりと身をかわします。つなちゃんは、うんちの海にダイブしました。

地面に転がったつなちゃんに向かって、やくみちゃんは、ふーっ！　とうなり、全身の毛をさか立てました。

「やばいて！　怒ってはる！」

悲鳴をあげるみんとちゃんに、サブロー君はささやきました。

「みんとちゃん、〝モトニモドール〟のふた開けといて。チャンスや」

「ん？　どゆこと？」

目をまん丸にしているみんとちゃんの前で、サブロー君は、なりたいもんになれるジュースをポケットから取りだしました。ふたを開けて口をつけると、一気に飲みほします。

すると!!　……少しずつサブロー君の体がちぢんでいき、全身に毛が生えて、全体的に色がグレーになって……。

小さなネズミになってしまいました。

「オマエ！　ネズミになりたかったんかい!!」
みんとちゃんは力がぬけて、尻もちをついてしまいました。
ふーっ!!　やくみちゃんが、ぎらりと光る黄色い目をこちらに向けました。つなちゃんのそばからはなれて、サブローネズミに近づいてきます。サブローネズミは、しっぽをふりながらじっとしていました。
一歩また一歩と近づいてきた

やくみちゃんが、いきおいよくサブローネズミに飛びかかってきたときです。

「いまや！　行けっ、みんとちゃん！」

というサブロー君の声が聞こえた気がして、みんとちゃんは、〝モトニモドール〟をやくみちゃんめがけてまき散らしました。

なん滴か口に入ったしゅんかんに、やくみちゃんの黄色い目はとろんとなり、サブローネズミの近くにたおれこみました。

しばらくふるえていたかと思うと、やくみちゃんの黒い耳は小さくなっていき、しっぽはお尻にすいこまれて、ヒゲや体じゅうの黒い毛も消えていきます。

どれくらいたったころでしょう。やくみちゃんはすっかりもとのすがたにもどって、どろだらけのパジャマを着たまま、うんちの絵の上で寝息を立てていました。

いつのまにかもどってきていたつなちゃんが、声をあげて泣きながら、やくみちゃんに抱きつきました。

「うまくいった……んか？」

みんとちゃんは座りこんだまま、ふーっと息をつきました。白い息が、暗い空にのぼっていきます。

「チュ――」

「え？」

とつぜん妙な声のしたほうを見ると、一匹のネズミがみんとちゃんの手を鼻でつついています。

「ふんぎゃああああああー‼」

みんとちゃんが手をふり回すと、ネズミは遠くへ飛ばされていきました。

「……って、あれサブローやんな。えらいこっちゃ」

あわてて〝モトニモドール〟の入っていた缶をたしかめると、まだ底のほうにちょっとだけ残っています。

「それ、飲ませてあげて」

つなちゃんがなみだをふきながら、サブローネズミの飛んでいったほうを指さします。

「おう！」

みんとちゃんは缶を手に立ちあがり、サブローネズミを探してかけだしました。

5 さよなら黒ネコ

鉄ぼうの後ろで三角座りをしたまま、サブロー君があくびをしました。

「オマエ、さっきの授業中ねとったやろ」

となりで三角座りをしているみんとちゃんも、目をこすりました。昼休みの運動場では、いろんな学年の子どもたちが入りまじって、ドッジボールやオニごっこをしたり、遊具で遊んだりしています。

「やくみちゃん、待ってー!」

鉄ぼうの前を走っていた二年生の女の子が、転びました。その先を走っていたやくみちゃんは、ちらりと後ろを見ましたが、立ち止まることなく走っていきます。

校舎からつなちゃんがでてきて、サブロー君たちを見つけて手をふりました。そのまま鉄ぼうのところに近づいてきて、泣いている二年生の女の子の前で立ち止まります。

「どしたん？　こけたん？」

つなちゃんはしゃがんで、二年生の女の子の頭をなでました。そこをめがけて、やくみちゃんが走ってきました。大きくジャンプしたかと思うと、つなちゃんの頭の上を、走り高跳びのように飛び越えていきます。

「やくみ！　やーめーてー!!」

つなちゃんは、こぶしをふり回して怒りました。やくみちゃんはもう遠くまではなれていて、声をあげてわらっています。

あれから、やくみちゃんが黒ネコになることはありませんでした。そのかわりに、やくみちゃんはほんの少しだけ、いい子じゃなくなりました。ときどきいたずらをするし、たまに忘れ物をするし、つなちゃんにはたまにいじわるをします。でも、毎日とても楽しそうで、よくわらうようにもなりました。

よくわらうようになったやくみちゃんのことを、みんなは前より好きになりました。

「やくみちゃん、なりたいもんになれたんかな」

みんとちゃんがつぶやきます。

「そらそうやろ！　黒ネコより、いまのやくみちゃんのほうがええに決まっとるやん」

サブロー君は親指を立ててみせました。

「オマエはネズミのほうが似合(にあ)っとったけどな」

「え？　なんて？」

「なんでもない」

　みんなにまざって遊(あそ)ぶやくみちゃんたちの頭の上には、青い空が広がっています。小さな雲がつながってはちぎれて、またつながりました。

えりちゃん先生と
食わず先生

1　給食がへっている!?

「髪のお手入れはな、ドライヤーが大事やねん。やし、いっちーの誕生日プレゼント、今年は高級なドライヤー買うてもらうねん」
学校の帰り道でピースサインをしたのは、いっちーです。
「そうなん。うち、シャンプーとリンスはパパにたのんでええ匂いのやつ買うてきてもろてるけど、ドライヤーまでこだわったことないわ」
みんとちゃんが首をのばして、ランドセルの上にたれている、いっちーの髪を見つめます。たしかに、いっちーの髪はサラサラで、やわらかな鳥の羽のように風になびいています。

「たいへんやな、ぼくなんか毎日、自然乾そうやで」

サブロー君が鼻の穴をふくらませました。

「いばるな」

みんとちゃんが、肩をサブロー君の肩にぶつけます。

「アホやなほんま、サブロー君は」

いっちーはあはははは、とわらいました。でもその声はだんだん小さくなっていき、最後にため息に変わりました。

「どしたん、いっちー？」

サブロー君がいっちーの顔をのぞきこみます。三人はそのまま立ち止まりました。ふたりからじっと顔を見られているうちに、いっちーの目からひとつぶのなみだがこぼれました。

「……へってるねん」

「え？　なんて？」

サブロー君とみんとちゃんは、同時に耳をいっちーに近づけました。いっちーは顔をあげると、空に向かってさけびました。

「給食が、へってんねーん‼」

いっちーは上を向いたまま、服のそででぐいっとなみだをふきました。サブロー君とみんとちゃんは、顔を見あわせます。

「……気のせいちゃうん？」

みんとちゃんがたずねると、いっちーは首をぶんぶん横にふりました。

「明らかにへってんねん！　いっちーのおなかはだませへん。おかずもご飯も、きょうはおかわり一回しかでけへんかった。だからいま、おなかすいてきてイラついてんねん！」

いっちーは、靴の底で地面をけりました。みんとちゃんのくせが移ったのでしょうか。

髪のお手入れにこだわったり、おしゃれなひらひらした服をよく着ていたりするのに、いっちーは食べることが大好きです。

給食を食べるのはクラスでいちばん早いし、毎日かならずおかわりをしています。多いときには二回、三回とおかわりをすることもあり、たしかに一回だけというのはめずらしいといえます。

「ほかにもおかわりした人が多かったからちゃうん？　それで足りんようになったとか」

みんとちゃんはうでを組んで首をかしげました。

「いや。おかわりしたんは、いつもの三人だけやった。きょうのおかずは二シンなすやったから、ほかにはだれも来んかった」

いっちーは早口で答えます。早く食べ終わってかならずおかわりをしにいくのは、いっちーと、ふたりの男子と決まっています。カレーやスパゲティのときには何人かふえますが、たしかにきょうは三人だけでした。それなのに、それぞれ一回ずつしかおかわりしていない、といっちーは主張しました。

「すごいないっちー。ほかのメンバーのおかわりの回数まで数えてるんや」

サブロー君が感心しています。

「えりちゃん先生に昼休み聞いてみたんやけど、給食がへってるとかないよって。前といっしょだよって。でも……」

いっちーはくちびるをかみました。えりちゃん先生は、サブロー君たちのクラスの担任の先生です。前の担任だったみゆき先生が赤ちゃんを産むためにしばらくお休みすることになり、先月から学校にやってきました。大学をでたばかりで、小さくて、髪が長くて、やさしくて、すぐにみんなは大好きになりました。

「気のせいやと思うで」

みんとちゃんは、いっちーの肩をたたきました。

「腹へってるなら、オヤツ食べような。ぼくんちバナナあるから持ってくるで」

サブロー君は大きく手をふって歩きだします。いっちーはため息をついて後に続きました。

つぎの日の給食の時間になりました。白いエプロンを着てマスクをつけた給食当番の人たちが、おかずやご飯をよそってみんなの机まで運んできます。きょうのおかずはカレーでした。

四時間めが体育だったので、みんとちゃんはかなりおなかがすいていました。早く食べたいな、とスプーンをにぎりしめて、いただきますを待っていると、後ろから背中をつつかれました。

つついてきたのは、後ろの席に座っている、いっちーでした。自分のカレーの入っているお皿を指さしてから、みんとちゃんのお皿も指さします。

そうやった、といっちーの話を思いだしたみんとちゃんは、お皿を両手で持ちあげて、目に近づけました。言われてみればほんの少し、カレーの量がへっている気もします。後ろでいっちーがイラついているのか、指先で机をとんとんとたたきはじめました。

いただきます、と声をあわせてから、みんなは食べはじめました。とろみがあって少しからいけど、果物のような甘味もあって、いくらでも食べられる……はずが、あっというまに食べ終わってしまいました。まだご飯は半分以上残っています。

ぜんぜんおなかふくれへんな、とみんとちゃんは首をふりながら、おかわりをしようとお皿を持って立ちました。

「ええー、まじかいや！」

「うそやろこんなん!!」

カレーの入っている鍋のまわりには、すでに何人かがお皿を手に集まっていました。みんとちゃんが後ろから首をのばしてみると、鍋はもう空っぽで、むきだしになった鍋の底には、カレーが少しだけこびりついていました。

鍋のいちばん近くにいたのは、いっちーです。いっちーは両手でお皿を持ち、うつむいて肩をふるわせていました。

「きょうはだれもおかわりでけへんのかいな！」

　おくれてやってきたサブロー君が、後ろでほひーっ、とため息をつきます。

　いっちーは鍋に背を向けると、みんなをかき分けて、はなれていきました。

席にもどると、いっちーは机の上に顔を押しつけました。

「めちゃくちゃ落ちこんどる！　いっちー、ぼくんち、きょうもバナナあんで……」

　いっちーに近づいていこうとする、サブロー君のうでをつかみ、口をふさいだのはみんとちゃん。席まで連れていくと、肩を押して座らせました。

　みんとちゃんも席に着くと、お皿に半分ほど残っている、ご飯をすくって口に入れました。おかずがないと飲みこみにくく、牛乳をすすってなんとか流しこみました。

2 食わず先生

つぎの日も、そのつぎの日も、だれもおかわりができませんでした。給食の量もどんどんへっていきます。さすがにみんなも気づきだしたのか、しだいに顔をあわせては給食の話をするようになりました。

「校長先生、頭おかしなったんかな」

「校長より、給食の先生やろ。分量まちがえてるんちゃう」

「だれかダイエットしてる人がたのんだんかも」

好きほうだいにみんなが話しているのを聞いているうちに、みんとちゃんの頭にあるものがうかびあがってきました。

それは、給食を食べているときの、えりちゃん先生のすがたです。

えりちゃん先生の給食は、先生が自分でよそうのですが、ご飯もおかずも、ほんのひとつまみほどしかよそいません。それを教卓でさっと食べ終えると、にこにこしながらみんなが食べているところを見ています。前の担任の先生も、その前の先生も、ご飯を山もりにして、おかずはおかわりをしていました。こんなに食べない先生は、はじめてです。

ある日の給食の時間に、みんとちゃんは聞いてみました。

「なんで先生、そんなちょっとしか食べへんの？」

「だって、先生が食べちゃったら、みんなのぶんがなくなるでしょう」

えりちゃん先生はわらって答えます。みんとちゃんは、なぜかぞくっとしました。

その日の帰り道で、サブロー君とみんとちゃんは、いっちーといっしょに歩きながら、あらためて給食について話しあいました。

「どうしよう。このままやと、給食どんどんへってって、おかわりどころか給食そのものがなくなってまう……」

いっちーは、なみだを流して泣いています。サブロー君とみんとちゃんは、顔を見あわせてだまりこみました。なにをどう考えればいいのかわかりませんし、考えたところでどうすることもできません。

「給食なくなったら……お弁当になるんやろか。毎日お弁当作るってなったら、お母やんぜったい機嫌悪なるに決まっとる」

サブロー君も、つられて鼻をすすりました。

びゅごうっ、と強い風がふいたのはそのときでした。かれ葉がまいあがって三人の顔にぶつかります。いっちーのサラサラの髪が、広がってくしゃくしゃになっています。

「ちょ、やばいて。ここ入ろ」

みんとちゃんが、サブロー君といっちーのうでをつかみ、細い横道に飛びこみました。古いかわら屋根の家がみっしりと並んでいるあいだの、うす暗い道でした。

「ふー、風やばすぎ」

「どうしよ、髪くちゃくちゃやっ」

いっちーの髪はすっかりもつれて、細かいかれ葉がたくさんからみついています。みんとちゃんはいっしょに髪をとかして、かれ葉を取ってあげました。

「この道まっすぐ行ったら、近道になるんちゃうん！」

とつぜん、サブロー君がさけびました。サブロー君の人さし指は、細い道の奥をさしています。たしかに、方向は三人の家のある町のほうを向いています。

「こんな道あったんやな」

サブロー君を先頭に、三人は細い道を歩きはじめます。

「とりあえず、みんとんちに集まって、オヤツ食べてから遊びにいこか」

「思いだした。いっちーまたおなかすいてきたわ」

いっちーは、おなかを押さえて前かがみになりました。

三人はしだいにだまりこみ、トボトボと歩き続けます。道の先に人影が見えたのは、そのときでした。

こちらを向いているのは、見覚えのあるおばあさんでした。、まっ白い髪が、肩の上でゆれています。大きなメガネのふちがキラリと光ります。緑色のTシャツの上にはゼッケンがついていて、「子ども110番」と書かれていました。

「あんたら、また会うたな。どこ行くん?」

「ジンジャ野みまもりさん!」

サブロー君は名前をよびながら、右手をぶんぶんふり回しました。

「あの子はどうなったんや?　ええと、なんてゆうたかな……」

「やくみちゃん!　もとにもどったで!　いまはもう黒ネコちゃうで!　あの……えっと、ありがとう!」

サブロー君は顔じゅうでわらいながら、頭をひとつ下げました。

「もとにもどったけど、前より性格悪なったけどな」

みんとちゃんが小さな声でつけくわえます。

「そうか。よかったよかった」

みまもりさんは目を細くして、何度も顔をたてにふりました。

「こんにちは、おばあさん」

みまもりさんと目があったので、いっちーはあいさつをしました。サラサラの髪がゆれます。

「ええ子やね。でも、わたしんとこに来たっちゅうことは……」

みまもりさんは、いきなりわっと目を開きました。

「なんかこまっとることあるんやろ？　ん？　ん？　言うてみ言うてみ」

つま先立ちになると、両手の人さし指でゼッケンを指さしました。「子ども110番」という文字をつんつんとさしながら、しわの寄った口を横に大きく開きます。

顔を近づけられて、いっちーは後ろに体をたおしました。

「顔に書いてあるやん。くわしく見してもらおか」

みまもりさんは、いっちーの頭の上に手を置いて、目をつぶります。そのまましばらくつぶっていたかと思うと、ひとつうなずいてから、かっと目を開けました。

「なんと……給食がへっとると！　こら、たいへんなことやな。えらいこっちゃ」

いっちーは、ぐっと身を乗りだして、みまもりさんのゼッケンをにぎりしめます。

「おばあさん、わかってくれんのん？　はじめてや！　そうやんな、えらいこっちゃやんな！　いっちーマジこまってんねん！」

みまもりさんは何度かまばたきをしてから、首をかしげました。

「はて、こまっとる……そんなこまることでもないと思うけど」

「いやいや、給食がへってんねんで!?　もうおかわりはできんくなっとるし、このままやと給食じたいがな

くなってまう！」

いっちーは、みまもりさんの顔を指でさしました。サブロー君とみんとちゃんのくせが移ったのでしょうか。

「そんなアホなことあるかいや。すぐもとにもどるて」

みまもりさんはひらひらと手をふると、背中を向けて歩いていこうとします。

「ちょ、もとにもどるって？」

いっちーがダッシュして、みまもりさんの目の前に回りこみました。みまもりさんは急に動きを止められてふらつきながら、ため息をつきました。

「食わず先生のしわざやからやで」

「食わず先生!?」

サブロー君がでかい声でさけびます。

「せや。食わず先生。さいきん、新しい先生が来おへんかったか？　そいつが食わず先生や」

「……えりちゃん先生のことか？」

みんとちゃんが首をかしげました。

「かんたんに言うたらバケモンやな。でもそんな悪させえへんし、しばらくしたらおらんくなるわ。ほっといたら？」

みまもりさんは、また手をひらひらとさせました。

「えりちゃん先生がバケモンやて!?」

サブロー君とみんとちゃんは顔を見あわせました。えりちゃん先生は、髪が長くてサラサラで、ちっちゃくて、いつもわらっていて、みんなから好かれています。ふたりにとって、バケモンという言葉からいちばん遠いのが、えりちゃん先生でした。

「そんなんどうでもええねん！　もとにもどる言うたよな？　いつもどるんや？　いつになったらまた給食おかわりできんのや？」

いっちーは、ずい、ずずい、とみまもりさんに近づいていきます。給食が足りなくて、おなかがすきすぎているのか、かなりイラついているようです。

みまもりさんは、両手を前にだして後ずさりをしながら、首を何度も横にふりました。

「わかったわかった、ちゃんと話したるから、そんな寄ってくんなって。食わず先生ゆうんはな、いろんな学校に勝手に入りこんで、給食を食べまくってから去っていく、さすらいの先生や」

「なにそれかっこいい！」

サブロー君が笑顔で大声をあげて、いっちーににらまれました。

「ただし、いつ去ってくのかはわからへん。食わず先生にもいろんな先生がいはるから、その先生の事情による感じや」

「じゃあ、いつおかわりできるかわからんやん!!」

いっちーは半泣きになっています。みまもりさんは、ため息をつきました。

「どんだけ給食が大好きやねん。しゃあない。これあげるわ」

ズボンのポケットをまさぐったかと思うと、みまもりさんは小さなきんちゃく袋を取りだしました。

「これは、お守りや。あんたらのことやから、たぶん食わず先生の正体とそうぐうしてまうやろ。仲良くできたらええねんけど、もしこまったことになったら、こんなかに入っとるもん使い」

きんちゃく袋を受け取ると、いっちーは顔に近づけたり、ひっくり返したりして観察しはじめます。

「どうにもこまったときだけ開けるんやで。それまで、なか見たらあかんで」

また手をひらひらとさせてから、みまもりさんは、こんどこそはなれていきました。三人がもと来た方向をたどるように進み、細い小道から分かれているさらに細い路地へと、ふっとすがたを消しました。

「みまもりさん、やっぱええ人やな。給食の話、なんとかなりそうやん」

サブロー君は、みまもりさんが見えなくなった後も手をふっています。

「いやいや、よけいわけわからんことがふえたて。食わず先生とかバケモンとか……」

みんとちゃんは、腰に手を当てて、ため息をつきました。そんなふたりのうでを、いっちーはつかみます。

「作戦会議や！　いったんランドセル家に置いてから、みんとちゃんちに集合やで！」

いっちーは、小道を
ぐんぐん歩きだしました。

3　給食室(きゅうしょくしつ)に潜入(せんにゅう)せよ

「サブロー前！　前！」

みんとちゃんがさけんだときにはもうおそく、サブロー君(くん)は電柱(でんちゅう)にぶつかっていました。痛(い)ったー……と鼻(はな)を押(お)さえてうずくまります。

「サブロー君(くん)だいじょうぶ？」

いっちーがかけ寄(よ)って、サブロー君(くん)の顔をのぞきこみました。

「どんくさいやっちゃなほんまに。これで目ぇ覚(さ)めたやろ」

みんとちゃんは腰(こし)に手を当てて、鼻(はな)の穴(あな)をふくらませました。

みまもりさんに会ったつぎの日の朝、三人はいつもより一時間早く家をでて、登校班とはべつに登校しました。

えりちゃん先生が本当に食わず先生なら、そしてこっそり給食を食べているなら、その現場をつかまえてやめさせないと！　作戦会議ででた結論はそれでした。

心の底からそうしたがっているのはいっちーだけでしたが、サブロー君とみんとちゃんも、いきおいで押しきられてしまったのです。

少し早めに学校に行って、朝休みと中間休みに給食室を見張ることに、ふたりは賛成させられました。自分たちのクラスだけ朝の勉強会があると、パパやママをごまかして。登校班の班長にも、いっちーがたのみこんで協力してもらいました。

犬の散歩をしている人やご老人がちらほらといるだけで、通りには人のすがたがほとんどありません。冬ももう終わりとはいえ、朝はまだまだ冷えきっています。白い息をはきながら、三人は転がるように通学路を走っていきました。

学校につくと、三人はげた箱で上ぐつにはきかえて、玄関ホールのはじっこに集まりました。職員室のとびらは閉まっていますが、窓から明かりがもれています。

「先生たち交代で、毎日だれかひとりはめっちゃ早くから学校来てるらしいで」

みんとちゃんは足音が立たないように、ゆっくりと足を動かしています。

「だれ先生やろ！　おはようございます言うてこな！」

でかい声をあげながら、サブロー君が職員室へ近づこうとすると、いっちーが両うでを広げて前をふさぎました。

「しーっ！　声デカいて。バレてまうて」

いっちーの低い声があまりにも迫力があったので、サブロー君は目を丸くして口を押さえました。

職員室の前からはなれてろう下の奥に進むと、給食室が見えてきます。給食室のとびらは閉まっていて、窓の向こうは暗いままでした。

まず、いっちーが前かがみになって窓の下を通りすぎ、とびらに耳をつけてようすをうかがいます。少しだけとびらを開けて、なかをのぞきこんでから、サブロー君とみんとちゃんに手まねきしました。

給食室のなかには銀色の広い調理台がいくつも並び、コンロの上には大きな筒のような鍋や丸い鍋がのっています。大きな銀色の冷ぞう庫が奥にあり、いろいろなメモが貼りつけてありました。

部屋じゅうに、洗剤と、いろんな食べものの匂いがこもっています。とくに、ご飯の炊ける匂いがじゅう満しています。コンロの上の大きなかまから、白い湯気が立っていました。

「こんな朝早くからご飯炊くんやね？」

サブロー君は首をひねりました。給食の先生たち、いったい何時に来てはるんやろ？

「三年のとき、給食室の見学に来たら、給食の先生たち六時間めに、つぎの日の下ごしらえしてはったよな」

みんとちゃんは、ひさしぶりに給食室に来て思いだしました。

全校児童の給食は、三人の給食の先生が作っていました。午前中は、まずはご飯を炊き、前の日に下ごしらえしておいた食材で調理をします。給食の時間になると、やってきた給食係の児童たちに給食をわたして、終わると、下げられた大量の食器を洗い、つぎの日の下ごしらえをするのです。

「とすると、あの冷ぞう庫のなかに、きょうの給食の食材が入っとるっちゅうわけやな！」

いっちーは大きな冷ぞう庫を指でさすと、そちらをめがけて走っていきました。

「いっちー！　こけんなや！」

みんとちゃんもあわてて後を追います。サブロー君も続きました。

いっちーが冷ぞう庫に手をかけて、開けようとしたところで、給食室のとびらの開く音がしました。

やばい!!!　三人はとっさに、冷ぞう庫のかげにかくれます。

とびらが静かに開いて、閉まったかと思うと、足音が聞こえてきます。かつーん、かつーん、というヒールの音に、三人は聞き覚えがありました。冷ぞう庫のかげからそっとのぞいてみると……、そこにいたのは、えりちゃん先生です。

えりちゃん先生はまず、ご飯が炊かれているかまのところへ行きました。かまのふたを取ると、白い湯気がぼぼっとふきあがります。えりちゃん先生は深呼吸をして湯気をすいこみ、うっとりとした笑顔になりました。

しばらくかまの前にいてから、えりちゃん先生は冷ぞう庫のほうに向かってきました。まずい！　三人は体を寄せあい、鼻と口を手でふさいで、息を止めます。えりちゃん先生は三人に気がつかないまま、冷ぞう庫から大きなボウルを取りだしました。

いくつかボウルをだして調理台の上に並べてから、えりちゃん先生はご飯のかまの横のコンロに大きな丸い鍋をのせました。水をいっぱい張ってから、火にかけます。そして、水がふっとうしたところで、いきなりボウルの中身を鍋にぶちこみました。

ボウルに入っていたのは、たぶん前の日に給食の先生たちが下ごしらえをした食材です。にんじん。じゃがいも。たまねぎ。どれも、子どもたちの口にちょうどあう、ひと口サイズに切られていました。

きょうの給食……肉じゃがやん！　いっちーは胸のなかでつぶやきました。どゆこと？　えりちゃん先生、給食の先生もやってんのん？　いまから肉じゃが作るってこと？

食材の入った鍋がぐつぐつ煮えていく横で、えりちゃん先生はご飯のかまの前に立ちました。そして手をのばしたかと思うと……おにぎりを作りはじめました。にぎりこぶしより大きなばくだんおにぎりが、つぎからつぎへと調理台の上につみあがっていきます。

「おいおい！　なんの祭りがはじまんねん⁉」

みんとちゃんがつぶやきました。

4 えりちゃん先生の正体

みるみるうちに、大量のおにぎりの山ができあがりました。えりちゃん先生は、よし、と手をたたくと、頭に手をやって髪をいじりだします。しばらくいじるうちに、頭のてっぺんが割れました。その奥には、大きな口がありました。

頭のてっぺんに開いた大きな口のなかに、えりちゃん先生は、大量のおにぎりをどんどん投げこんでは、むしゃむしゃと食べはじめます。

「ふんぎゃぁあああああああああああああ!!」

大声をあげたのは、いっちーです。冷ぞう庫のかげから見ていたはずが、大声をあげたはずみに顔が外にでて、丸見えになってしまいました。

えりちゃん先生はふり返り、しばらくいっちーの顔をながめてから、うふふっとわらいました。そして、すごいいきおいで近づいてきたかと思うと、いっちーをうでに抱えて、給食室の窓の近くまで走りました。

窓の下にある大きな丸い鍋にいっちーを入れると、そのとたんに、えりちゃん先生は大きなオニに変身しました。大きさはいっちーの倍ほどあり、体じゅうが燃えているかのように赤い色をしています。ボサボサの髪がお尻まででのびていました。

「わ、わえおん（バ、バケモン）……」

大声でさけびそうになった、サブロー君の口を、みんとちゃんの手がすごい力でふさぎます。その手ははげしくふるえていました。

オニはいっちーの入った鍋を頭の上にかかげると、窓から飛びだしました。

「あれが、みまもりさんの言うとった、食わず先生の正体かい!?」

みんとちゃんは、力がぬけて尻もちをついてしまいました。

「いっちーを助けな！」

サブロー君は冷ぞう庫のかげから走りだして、窓のほうへ向かいました。

ま、待てやサブロー、とみんとちゃんもよろけながら後を追います。

校舎のうらをぬけて、西門から外にでると、食わず先生は川ぞいのじゃり道を猛スピードで走っていきます。頭の上にかかげられた鍋のなかで、いっちーはふちにしがみつきながら泣いています。

サブロー君とみんとちゃんも学校の外にでて追いかけますが、食わず先生は足が速く、みるみるうちにあいだが開いていきます。

川ぞいには桜の木がたくさん植えられていました。春には桜並木になり、入学式の帰りにサブロー君もみんとちゃんも、その桜並木をバックに写真をとってもらったものです。季節ではないいまは枝がむきだしになっていて、

ぽつぽつと葉がついているくらいでした。

その桜並木のなかでもいちばん大きな桜の木のそばを、いっちーをかかげた食わず先生が走りすぎようとしています。

「いまや！　いっちー飛べ!!」

サブロー君がバカでかい声でさけびました。泣いていたいっちーは、あわてて鍋の底をけってジャンプしました。ちょうど目の前にせまっていた、桜の木の枝にいっちーの体がひっかかります。いっちーはうでに力をこめて枝にしがみつきました。

食わず先生は気がつかず、そのまま川ぞいの道を走っていきます。いまや！ サブロー君とみんとちゃんは、桜の木の下まで走っていき、みんとちゃんが木からおりるのを手伝いました。

「早よ学校もどろ。先生に言うて助けてもらわな」

みんとちゃんがめずらしく、なみだ目になっています。三人は西門に向かってかけだしました。息を切らしながら走っていると、サブロー君が「もどってきはったで」と声をあげました。

鍋のなかからいっちーが消えていることに、かなり遠くのほうで気がついたらしく、食わず先生がUターンして走ってきています。おそろしい速さです。

「あかん！　もうムリや！」

みんとちゃんはサブロー君といっちーのうでをつかむと、近くの桜の木のうらにかくれました。しげみの奥に入ってしゃがむと、三人はそのまま後ろにひっくり返ってしまいます。しげみの奥が、ちょっとした斜面になっていたのです。三人はずるりと、斜面をすべっていきました。

やがて、しげみの向こうに食わず先生の顔がのぞきました。まっ赤な顔のまんなかには、黄色い目が光っています。キバの生えた口からは、よだれがポタポタたれていました。食わず先生は、三人に向かって手をのばしてきます。

「もうあかん。食べられてまう」

三人で抱きあってふるえているうちに、みんとちゃんは思いだしました。

「せや、いっちーあれだせや！　みまもりさんにもろたやつ!!」

5 先生の過去

「え？　……あっ」
いっちーは、ポケットから小さなきんちゃく袋をだしました。きんちゃく袋の口を開けて、手のひらの上で逆さにすると、なかからでてきたのは……、豆つぶでした。
「なめとんのか！　オニだけに豆ってか？　あんなバケモンにきくわけないやろがいっ」
みんとちゃんは半泣きになりながら、いっちーの手の上から豆をつかみました。やけくそ気味に、食わず先生に向かって投げつけます。

「おんぎゃぁあああああああああああああ!!」

食わず先生は音を立てて後ろにたおれました。三人が顔を見あわせながら、おそるおそるのぞいてみると、食わず先生の体の、豆の当たったところからけむりがでています。

「きくみたいやで」

とサブロー君も、豆を投げつけはじめました。食わず先生はひめいをあげながら、転がったまま、じたばたと手足をふり回します。

三人が豆を投げ続けるうちに、食わず先生の体のあちこちからけむりがあがり、どんどん体がちぢんでいきました。

やがて、食わず先生は、サブロー君たちの半分くらいの大きさの、子オニになりました。体の色もピンク色に変わり、髪は短くやわらかくなり、頭の上には小さなツノが一本生えてきました。

「かわええ」

いっちーが、なみだのあとのついた顔でほほえみます。

「ごめんなさい……」

子オニは泣きだしました。

じつは、子オニはいたずらが大好きで、毎日オニの学校でいたずらをしていたそうです。ところがある日、先生に怒られて給食をぬきにされてしまいました。

おなかがすいてたまらなくなった子オニは、人間の世界にやってきて、先生に化けて、学校の給食をこっそり食べました。人間の子どもの給食はあまりにもおいしく、子オニはその後も何回も給食を食べにいきました。

バレそうになるとまたちがう先生のすがたになり、いろんな学校に移っては、給食を楽しんでいたといいます。

「それはあかんわ。まさにごめんなさいやな」

さすがのサブロー君もあきれた声をだしました。そのとなりで、いっちーが両うでを広げて、子オニに抱きつきます。

「わかるわー！　うちの給食おいしいもんな！　めっちゃわかる!!」

ほおずりをされて、子オニはこまったようにまゆ毛をくねらせました。

「おいしすぎて、つい食べすぎてしもたんはわかる。でも、みんながおかわりできるぶんは残しといてな」

といっちーに頭をなでられると、子オニは下を向いてうなずきました。

「いっちーのなやみが解決したんはよかったけど、もうこんなことしたらあかんで」

みんとちゃんは、子オニの顔を指でさしました。

「せやで。オニのお母やんも先生も、心配しとる」

サブロー君も、子オニの顔を指でさしました。

「はい、おうち帰ります」

いっちーが地面に置いてやると、子オニは三人にもういちど、ごめんなさいと頭を下げました。それから三人の頭の高さくらいのところまでジャンプをして、空中で一回転したかと思うと、ふっとすがたを消しました。

「……なんやねんいったい」

みんとちゃんは、はーっとため息をつきました。

「オニの学校の給食も、おいしく食べてくれたらええな、あの子」

いっちーは空に向かって手をふります。空はすっかり明るくなっていて、雲ひとつないその空に、登校してきた児童たちの話し声やわらい声がひびいていました。

☆

「……というわけで、きょうからぼくが君たちの担任になります」

ひとつおじぎをしたおじさんの後ろの黒板には、「南　大吾」と大きく書かれています。児童たちは、となりや後ろの席の子たちと顔を近づけてひそひそ話したり、顔を見あわせて、とまどったようにわらったりしはじめました。

子オニが消えてしばらくたった日に、新しい担任の南先生はやってきました。南先生は、えりちゃん先生は事情があって先生をやめることになりました、としか言いませんでした。

事情を知っている、サブロー君とみんとちゃんといっちー以外のみんなは、とつぜんのことにびっくりしています。

「よかったないっちー、これでおかわりしほうだいやで」

とみんとちゃんが後ろを向いて肩をたたくと、いっちーはサラサラの髪をゆらして目を光らせました。

「楽しみでしかたないわ！　きのうの晩ごはん、おかわりがまんしたし、きょうは朝ごはんぬいてきてん！」

「お……おう。ほどほどにな」

みんとちゃんは目をそらしながら、ははっとわらいました。

その日の給食は、いっちーの大好物のクリームシチューでした。いっちーは、十回もおかわりをして、新記録を達成しました。

仙田 学

せんだ・まなぶ／小説家。1975年京都生まれ。著書に『盗まれた遺書』（河出書房新社）、『ツルツルちゃん』（オークラ出版）、『ときどき女装するシングルパパが娘ふたりを育てながら考える家族、愛、性のことなど』（WAVE出版）、『トイレ野ようこさん』（静山社）などがある。

田中六大

たなか・ろくだい／画家、漫画家。1980年東京生まれ。挿画に『ひらけ！なんきんまめ』（竹下文子 作／小峰書店）、「日曜日」シリーズ（村上しいこ 作／講談社）、絵本に『だいくのたこ８さん』（内田麟太郎 文／くもん出版）、『ふしぎなかばんやさん』（もとしたいづみ 作／鈴木出版）、「しょうがっこうへいこう」シリーズ（斉藤洋 作）、『うどん対ラーメン』、『いちねんせいの１年間　いちねんせいになったから！』（くすのきしげのり 作／いずれも講談社）、漫画に『クッキー缶の街めぐり』（青林工藝舎）などがある。

装丁　坂川朱音（朱猫堂）

ボケバケ探偵団 1
ジンジャ野みまもりさん

2025 年 3 月 18 日　初版発行

作者　仙田学
画家　田中六大

発行者　松岡佑子
発行所　株式会社静山社
〒 102-0073　東京都千代田区九段北 1-15-15
TEL 03-5210-7221
https://www.sayzansha.com
印刷・製本　中央精版印刷株式会社

編集／足立桃子

ISBN978-4-86389-897-4

サブロー君とみんとちゃん vs バケモノ対決
はじまりのおはなし

『トイレ野ようこさん』
仙田学 作　田中六大 絵

しのびこんだ夜の小学校で、〈トイレのはなこさん〉と〈トイレのようこさん〉、まさかの 100 年ぶりの決闘にまきこまれ……！